MW00951535

MIGUEL CERRO

Después
de la lluvia

CONCELLO DE
SANTIAGO
Departamento de Educación

kalandraka

Hubo una vez
un bosque maravilloso,
lleno de luz, en el que vivían
toda clase de animales.

Un día, de repente, comenzó a llover.

Y cada vez llovía más y más y más…

Tanto y tanto llovió que los animales
tuvieron que refugiarse
en la montaña más alta del lugar.

El agua los rodeaba, y no dejaba de subir.

Así que, para resguardarse,

decidieron meterse en una cueva.

Y, de repente, dejó de llover.

A las pocas horas, algunos animales
comenzaron a sentir hambre.
Entonces pensaron que alguien debería salir
a buscar comida.

El zorro, bien dispuesto, se ofreció,
pero el oso era el más grande
y el más fuerte de todos.
Debía ir él.

Más tarde, los animales tuvieron sed,
pero aún era peligroso salir.
El zorro se volvió a ofrecer,
los demás rechazaron de nuevo su propuesta
y un grupo de flamencos partió a por agua.

Después, los animales se organizaron
y se repartieron los trabajos
para poder vivir en la cueva.
Todos tenían una tarea.
Todos menos el zorro,
al que no le dejaban hacer nada.

Cuando cayó la noche, una gran luna
iluminó todo aquel acuático bosque,
pero su luz no llegaba al interior de la cueva.

Entonces, el zorro tuvo una idea
y decidió subir a la cumbre de la montaña:
«Sería maravilloso llenar la cueva de estrellas».

Trepó a un gran árbol para alcanzarlas,
pero fue imposible.

Se acercó hasta el borde del agua e intentó atraparlas...
Pero solo eran un reflejo.

Siguió caminando
y encontró bajo un árbol
a un grupo de luciérnagas perdidas
que apenas podían moverse
a causa de la humedad.

El zorro, que sabía cómo ayudarlas,
les pidió que lo acompañaran.
Las llevaría hasta un lugar
donde estarían secas y a salvo.

Y las luciérnagas volaron junto a él.

Y, desde entonces,
la luz no faltó ni una noche en aquella cueva.

Obra ganadora del «VIII Premio Internacional Compostela para álbumes ilustrados».

El jurado estuvo formado por:

Teresa Cancelo, Federico Delicado, Victoria Fernández, Xosé Manuel Rodríguez-Abella,
Manuela Rodríguez, Gracia Santorum y Beatriz Varela Morales.

A mi familia y a Sara, sin ellos nunca hubiera llegado esto.

© del texto y de las ilustraciones: Miguel Cerro Rico, 2015

© de esta edición: Kalandraka Editora, 2016

Rúa de Pastor Díaz, n.º 1, 4.º A. 36001 - Pontevedra

Tel.: 986 860 276

editora@kalandraka.com

www.kalandraka.com

Impreso en Gráficas Anduriña, Poio

Primera edición: noviembre, 2015

Segunda edición: junio, 2016

ISBN: 978-84-8464-967-0

DL: PO 514-2015

FSC
www.fsc.org

MIXTO
Papel procedente de
fuentes responsables
FSC® C104983